_____ 님께

소중한 마음을 담아 드립니다.

20   .   .   .

_____ 드림

그래서
사랑

그래서 사랑

초판 1쇄 인쇄 | 2014년 10월 27일
초판 1쇄 발행 | 2014년 11월 10일

엮은이 | 이선이

발행처 | 이너북
발행인 | 김청환

등록번호 | 제 313-2004-000100호
등록일자 | 2004. 4. 26.

주소 | 서울시 마포구 독막로 27길 17
전화 | 02-323-9477, **팩스** 02-323-2074
이메일 | innerbook@naver.com

ISBN 978-89-91486-75-1   03810

http://blog.naver.com/innerbook

마술처럼 행복하고 동화처럼 따스한 사랑시 모음집

이선이 엮음

그래서
사랑

이너북

엮은이 **이선이**

일본 호세이대학교 문학부를 졸업했다. 국내 기업에서 일본어 강사로 활동했으며, 다년간 출판사에서 기획 및 편집과 번역 업무에 전념해 온 엮은이는 지금까지 50여 종의 책들을 기획하고 연출해 왔다. 주요 역서로는 《질투의 세계사》《생각을 바꾸면 모든 것이 변한다》 외 다수가 있다.

✿ 차례

사랑보다 아름다운 것

버지니아 울프

고독한 나는
내가 믿는 것처럼 믿지 못하고
그대가 생각하고 있는 것처럼
생각하지를 못합니다

고독한 나는
남들이 사랑하는 것처럼 사랑하지를 못합니다
그러나 그대처럼 언젠가는 나도 죽을 것이고
그전에 더 이상은 망설이지 않고
그대를 사랑할 것입니다

그대와 내게는
사랑보다 더 아름다운 것이란 없습니다
그대의 사랑은 그대가 내 우주를
채울 때에만 피어납니다
그대의 흔들리는 마음도
나의 사랑을 위해서만 삽니다

그대를 사랑해요

에드워드

그대를 사랑해요
그대는 나의 마음과 육신에
영혼에 가장 가까이 다가왔던
단 하나뿐인 사람이기에

그대를 사랑해요
그대는 나에게 무엇보다도 먼저
나 자신을 믿는 힘을 주시어
내 스스로 내 인생을 헤쳐 나갈 수 있도록
가르쳐 주셨으므로

그대를 사랑해요
그대는 내게 행복이란
만족해하는 것뿐만 아니라
가슴속의 긴 소망을 이루기 위해
그 소망의 한 조각이 이루어질 때까지
노력하는 것임을 일러 주시어
나의 삶을 다채롭고 더 재미있고
한결 활기차게 해 주셨으므로

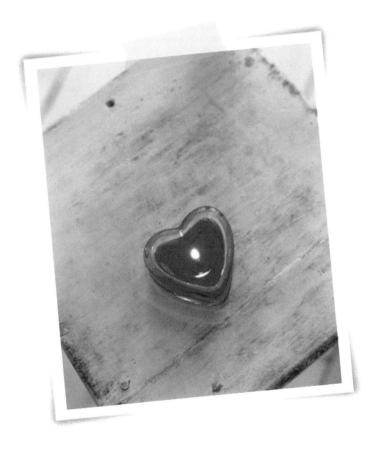

사랑으로 하나되는 길

포스터

사랑하는 사람이여
그대와 내가
사랑으로 하나되는 길은
영원히 함께
하나의 꿈을 간직해 가는 것입니다

그대는 나를 꿈꾸고
나는 그대를 꿈꾸어
오직 서로의 인생을 꿈꿀 수 있다면
그 순간부터 우리가 걷는 이 길은
사랑으로 하나된 길일 것입니다

그대 눈 속에

다우센다이

그대 눈 속에
나를 쉬게 해 주세요
그대 눈은 세상에서
가장 고요한 곳

그대의 검은 눈동자 속에
살고 싶어요
그대의 눈동자는
아늑한 밤과 같은 평온

지상의 어두운 지평선을 떠나
단지 한 발자국이면
하늘로 올라갈 수 있나니

아, 그대 눈 속에서
내 인생은
끝이 날 것을

그대에게 띄우는 편지

루퍼트 브루크

오늘은 줄곧
행복한 날이었소
하루 종일
그대를 떠올리며
튀어 오르는
물방울 속에
춤추는 햇빛으로
웃음을 엮고
사랑의 조그마한 근심들을
하늘로 흩뿌려 날리고
바다의 눈부시게 하얀 파도를
그대에게 보냈소

사랑은 조용히 오는것

밴더빌트

사랑은 조용히 오는 것
외로운 여름과
거짓 꽃이 시들고도
기나긴 세월이 흐를 때

사랑은 천천히 오는 것
얼어붙은 물 속으로 파고드는
밤하늘의 총총한 별처럼
지그시 송이송이 내려앉는 눈과도 같이
조용히 천천히 땅 속에 뿌리박은 밀

사랑의 열은
더디고 조용한 것
내려왔다가 치솟는 눈처럼
사랑은 살며시 뿌리로 스며드는 것
조용히 씨앗은 싹을 튼다
달이 커지듯 천천히

언제나 당신 곁에서

베케르

발코니의 푸른 풍경이 흔들릴 때
바람이 한숨지으며 지나가고 있음을
당신이 믿는다면
내가 푸른 나뭇잎 사이에 숨어
한숨짓고 있음을 알아 주세요

등 뒤에서 알 수 없는 희미한 소리가 울릴 때
아득한 목소리가
당신 이름을 부르고 있음을 믿는다면
당신 주의의 그림자들 사이에서
내가 부르고 있음을 알아 주세요

한밤중에 입술이 바짝 마르고
두려움으로 심장이 두근거릴 때
보이지는 않지만 당신 곁에서
내가 숨쉬고 있음을 알아 주세요

사랑의 비밀

블레이크

그대 사랑을 말하지 말아요
사랑은 말로 할 수 없는 것이라
어디서 생기는지 알 수도 없고
눈에 보이지도 않는 바람 같은 것

내 일찍이 내 사랑을 말하였지
내 마음의 사랑을 말하였더니
그녀는 새파랗게 질려 떨면서
내 곁을 떠나고야 말았네

그녀가 내 곁을 떠나간 뒤에
나그네 한 사람 다가오더니
어디로 가는지 알 수도 없게
한숨지으며 그녀를 데려갔다네

당신을 사랑합니다

칼슨

당신을 사랑합니다
그리고 당신의 사랑을 기다립니다
그러나 당신이 나보다 더 당신 자신을 더욱더
사랑하기를 기원합니다

당신은 나를 위해서 너무나 많은 수고를 합니다
그리고 당신은 그 대가를 바라지 않으며
늘 내게 행복하다고 말합니다

당신은 내게 있어 정말 좋은 사람입니다
나보다 더욱더
나를 사랑해 주는 사람이기 때문입니다

그대, 그리고 나

엔리 알포드

우리는 함께 있어야만 합니다
그대, 그리고 나
이토록 우리가 서로를 필요로 하는 것은
꿈과 희망과 내일의 계획을
위한 것입니다

우리는 동반자이고 위안자이며
안내자이자 친구입니다
사랑이 사랑을 필요로 하는 만큼
생각이 생각을 필요로 하는 만큼

인생은 짧고 빠릅니다
그리고 외로운 죽음으로 달아납니다
우리는 함께 있어야만 합니다
그대, 그리고 나는

당신은 알고 있겠지요

프랭클린 루즈벨트

당신은 알고 있겠지요
그 어떤 것도
우리가 지금까지
간직하고 있는 마음과
앞으로 영원히 간직할 마음을
대신할 수 있는 것은
아무것도 없다는 것을

나의 연인

조이스

나의 연인은 하늘하늘 가벼운 옷을 입고
사과나무 사이에 서 있습니다
그곳에 산들바람 가벼이
떼 지어 달려옵니다

그곳에 산들바람 스칠 때
어린 나뭇잎을 유혹하려 멈춰 설 때
나의 연인은 천천히 걸어갑니다
물 위에 비친 그녀의 그림자 곁으로

하늘이 푸르른 컵이 되어
웃음 가득한 곳으로 덮이는 곳에
나의 연인은 사뿐 걸어갑니다
우아한 손으로 가벼운 옷을 쳐들면서

편지

에세

서풍이 불어오면
보리수 몹시 일렁대고
달은 나뭇가지 사이로
내 방을 엿보네

내 사랑하는 여인
나를 버리고 떠난 그녀에게
긴 편지를 쓰노라면
그윽한 달빛 가만히 종이 위로 비추네

고요한 달빛
글자를 따라 더듬어 가면
나는 그만 울음이 터져 나와
잠도, 달도, 밤기도도 잊고 마네

사랑의 찬가

네르발

여기 우리는
얼마나 찬란한 날을
보내고 있는가
일렁이는 물결의
흔적처럼
권태는 슬픔으로 사라진다
욕망밖에 없는
미친 듯한 정열에
취하는 시간이여
쾌락 뒤에는
사라져 버리는
허무한 시간이여

희생

머더 테레사

진실로 생명력 있는 사랑은
상처를 받게 마련입니다

예수는 인간에 대한 사랑의 증거로
십자가 위에서 돌아가셨습니다

어머니가 아이를 낳으려면
고통을 받지 않으면 안 됩니다

만일 그대들이
진실로 서로를 사랑하고 있다면

희생을 감수하지 않으면
안 되는 까닭입니다

그리움

우으

당신과 함께 있기 위해서라면
그 어떤 고난과 위험도
마다하지 않겠습니다
나의 벗들과 나의 가족, 재산도
모두 버리겠습니다

물방울이 강물을 그리워하듯
가을날 제비들이
남쪽 고향을 그리워하듯
나는 당신을 그리워합니다
한밤에 잠 깨어
홀로 눈 덮인 산 바라보며
고향을 그리워하는
알프스의 양치기 소년처럼

잊어버리세요

티즈데일

잊어버리세요 꽃을 잊듯이
잊어버리세요 한때 세차게 타오르던 불처럼
영원히, 영원히 잊어버리세요

시간은 친절한 벗
우리는 세월을 따라 늙어 가는 것
만일 누군가 묻거든 대답하세요
그건 벌서 오래 전의 일이라고

꽃처럼 불처럼 아주 먼 옛날
눈 속으로 사라진
발자국처럼 잊었노라고

별 하나

유스

나는 당신의 커다란 별이 좋았다
당신의 이름을 몰라
부를 수는 없었지만

달 밝은 밤
온 하늘에 깔린 달빛 속에서도
당신은 당신대로 찬란히 빛났다

오늘밤 휘몰아치는 비바람에
온 하늘을 찾아보아도
바늘 만한 빛조차 찾을 수 없어

머리 숙여 돌아오는 길 옆
버드나무 꼭대기에 걸린
빛나는 당신을 보았다

감각

랭보

푸른 여름 저녁에 오솔길 가리니
보리 향기에 취하여 풀을 밟으면
마음은 꿈꾸듯 발걸음은 가볍고
맨 머리는 부는 바람에 시원하리라

아무 말 없이, 아무 생각 없이
가슴에는 한없는 사랑만 가득 안고
멀리멀리 방랑객처럼 나는 가리니
연인과 함께 가득 자연 속을 가리라

나를 기억해 주세요

아비게일 애덤즈

내가 그대를 기억하는 것처럼
그대는 나를 기억해 주세요
한 사람이 다른 또 한 사람에게
느낄 수 있는 모든 부드러움과 함께

어떤 세월의 흔적도 지울 수 없고
멀리 떨어져 있는 사이의 거리도
달라지게 할 수 없어요

그러나 언제나 변함없는
그런 부드러움과 함께
나를 기억해 주세요

소네트18

셰익스피어

내 그대를 여름날에 비교할까요?
그대는 그보다 더 곱고 더 화창하군요
거친 바람이 오월의 고운 꽃봉오리를 뒤흔들고
여름의 기간은 화살처럼 빨라요
이따금 태양은 너무 뜨겁고
가끔 그 황금 얼굴이 흐려질 때도 있어요

아름다운 것은 때로 쇠퇴하고
우연히 아니면 자연의 변화로 고운 빛 상해요
그러나 그대의 영원한 여름은 퇴색하지 않고
그대가 지닌 아름다움은 가시지 않을 거예요

죽음도 제 그늘에서
그대가 방황한다고 뽐내지 못할 거예요
그대는 불멸의 시행 속에서 시간과 함께 살아요
인간이 숨쉬고 눈이 볼 수 있는 한
이 시가 살아 그대에게 생명을 주는 한

항상 당신과 함께

돌리 파튼

나는 당신을 사랑합니다
그리고 언제나
당신과 함께 있고 싶습니다

인생의 모든 즐거움과
마음의 고통마저도
당신과 함께 나누고 싶습니다

어떤 꿈도 함께 계획하고
어떤 희망도
함께 나누어요

당신을 위로하며
당신을 사랑하고 싶습니다
나는 언제나 당신과 함께 있고 싶습니다

고상한 인품

사무엘 존슨

사람을 더욱 훌륭하게 해주는 것은
나무처럼 크기가 자라는 것은 아니다

또한 말라 버려 낙엽 지고 시들어
마침내 통나무로 쓰러지는 참나무처럼
3백 년 동안 버티고 서 있는 것도 아니다

하루살이 생명인 백합화조차
비록 그날밤에 시들어 죽기는 해도
5월이면 그들보다 훨씬 아름답다

그것은 빛의 풀이며 꽃이어라
우리는 참다운 아름다움을 보고
짧은 기간 안에서도 인생은 완전해질 수 있다

사랑의 빛

바바 아리다스

그대 가슴속에 사랑이 있다면
그 사랑은
저절로 전해질 뿐입니다

그대 가슴속에 사랑이 없다면
사랑을 억지로 만들 수도 없고
보여 줄 수도 없습니다

그대 가슴속에 진정한 사랑이 있다면
그것을 남들에게 보여 주려고
애쓸 필요도 없습니다

사랑은 저절로 그대 가슴에서
참다운 빛을 발할 것이고
다른 사람들의 가슴에도
빛이 될 수 있습니다

산 너머 저곳

부세

산 너머, 고개 너머
머나먼 하늘에
행복이 있다고
사람들은 말하지

아, 나는 다른 이를 따라 찾아갔다가
눈물만 간직한 채 돌아왔네

산 너머, 고개 너머
더욱더 머나먼 곳에
행복이 있다고
사람들은 말하네

메리에게

클리어

너는 나와 함께 자고 함께 눈 뜨는데
나 있는 곳에는 없구나

나는 내 품에 너를 향한 그리움 가득 안고
한갓 공기만을 품을 따름이다

네 모습은 보이지 않는데
네 눈은 나를 바라보고 있고

아침이나 낮이나 그리고 또 밤에도
내 입술은 언제나 네 입술에 닿아 있다

기억해 줘요

크리스티나 로세티

나를 기억해 줘요 내가 가고 없을 때
머나먼 침묵의 나라로 아주 가버렸을 때
당신이 나를 품에 안지 못하고
내 목숨이 몸부림치지 못하게 될 때

나를 기억해 줘요
우리 장래에 대한 계획을
나에게 더 말하지 못하게 될 때
나를 기억해 줘요

그 때는 의논도 기도도 할 수 없는 것을
당신은 아나니 나를 기억해 주기만 해요
행여 나를 잠시 잊어야 할 때가 있을지라도
곧 다시 기억해 줘요

가슴 아파하지 말아요
잊지 못하고 괴로워하느니보다는
잊고서 웃는 것이 더 좋다는
예전에 내가 가졌던 그런 생각의 흔적에서
어둠과 부패가 사라지게 되거든 기억해 줘요

간절한 바람

메리 아스켈

당신을 위해
당신이 원하는 사람이
되고 싶어요

당신을 위해
당신과 가까이에 있고 싶어요
그러나 정녕 가까이 한다는 것은
이해가 필요한 일입니다

나는 당신과 함께 있고 싶어요
마음을 의지하고
간절한 바람을 간직한 채
당신을 사랑해요

한 시간 기다림은

디킨슨

한 시간 기다림은
길다—

만일 사랑이
바로 거기에 있다면—

영원한 기다림은
짧다—

만일 사랑이
종말을 향한 것이라면—

선물

티즈데일

나는 첫사랑에게 웃음을 주었고
둘째 사랑에게는 눈물을 주었다

셋째 사랑에게는 아주 오랫동안
깊고 깊은 침묵을 선물하였다

내게 첫사랑은 노래를 주었고
내게 둘째 사랑은 눈을 주었다

오, 그러나 나의 셋째 사랑은
내게 나의 영혼을 선물하였다

사랑의 의미

이더스 쉐이머 리더버그

사랑이란
비록 잊기 어려운 일이 생겨도
용서해 주는 것입니다

함께 손을 잡고서
결코 떠나보내기를
원치 않는 것입니다

내일도 오늘 만큼이나
좋은 날이 되기를 바라며
비밀을 함께 나누고 함께 속삭이며
별이 빛나는 밤하늘을 함께 하는 것입니다

그리고 가장 중요한 것은
사랑이란 또다시 외롭게 되는 일이
결코 없을 것임을 깨닫게 되는 것입니다

당신을 사랑했어요

앤디 듀프래인

산처럼 다가와 나의 가슴에
굳게 자리잡는가 하더니
어느새 잎을 흔들고 지나간 바람처럼
당신은 그렇게 가버렸어요

야속한 사람, 불쌍한 사람
당신은 증오할 수도
미워할 수도 없는 사람
뻥 뚫린 가슴이나 메꾸어 주고 떠나지

당신을 사랑하고 있다고 느끼는 순간
당신은 이미 그 자리에 없었어요
바보 같은 사람
미워할 수 없는 사람

가더라도 이것 하나만은
알고 떠나요
당신을 사랑했어요

내 사랑아

예이츠

내 사랑, 나의 사랑아
나는 누구보다 더 잘 알고 있어요
무엇이 그대의 가슴을 그토록 뛰게 하는지

그대의 어머니도 나 만큼은 모르리
그 열렬한 생각이
그녀는 부인하고 그리고 잊어버렸지만

그녀의 피를 온통 들끓게 하고
그녀의 눈을 반짝이게 할 때
그녀 때문에 내 마음 아프게 했던 게
누구인지를

돌아오지 않는 옛날

폴 베를렌

추억, 추억이여 나에게 어떻게 하라는가?
가을은 흐린 하늘에 지빠귀를 날리고
태양은 하늬바람이 부는 황파의 숲에
건조한 빛을 던지고 있다

우리는 단 둘이서 꿈꾸며 걷고 있었다
그대와 나, 머리와 마음을 바람에 맡긴채
느닷없이 감동의 시선을 던지며
시원한 황파의 소리가 말했다
그대와 가장 행복한 때는 언제였는가

그 소리 천사의 그것처럼 부드럽고
낭랑하게 울려퍼졌다
내 신중한 미소가 이에 답했다
그리고 경건하게 그 흰 손에 입맞추었다

아! 처음 핀 꽃 얼마나 향기로운가
그리고 연인의 입술에서 새어나오는 첫 승낙이
얼마나 마음 설레게 하는
아름다운 속삭임인가

애가

프랑시스 짐

'내 사랑이여' 하고 당신이 말하면
'내 사랑이여' 라고 나는 대답했네
'눈이 내리네' 하고 당신이 말하면
'눈이 내리네' 라고 나는 대답했네

'아직도' 하고 당신이 말하면
'아직도' 라고 나는 대답했네
'이렇게' 하고 당신이 말하면
'이렇게' 라고 나는 대답했네

그 후 당신은 말했지 '사랑해요'
나는 대답했네 '나는 당신보다 더' 라고
'여름도 가는군' 당신이 내게 말하자
'이젠 가을이군요' 라고 나는 대답했네

그리고는 우리들의 말도 달라졌네
어느 날 마침내 당신은 말하기를
오, 내가 얼마나 당신을 사랑하는데
그래서 나는 대답했네
또 한 번 말해 봐요, 또 한 번

그대 창가에

경요

그대와 함께 있고 싶어
그대 창가에 그림자를 드리웁니다
설레는 이내 가슴을 잠재우기 위해
그대 창가에 그림자를 드리웁니다

그대 곁의 진실과 진실을 벗하여
영혼으로 남고 싶어서
그대 창가에 그림자를 드리웁니다

그대를 사랑하기에
그대 곁에서 영원히 떠나고 싶지 않습니다
시간의 진실이 영원히 내 곁에서
그대 곁에서 함께 하기를……

이제는 더 이상 헤매지 말자

바이런

이제는 더 이상 헤매지 말자
이토록 늦은 한밤중에
지금도 사랑은 가슴 속에 불타오르고
지금도 달 그림자 환하게 비치지만

칼은 녹슬어 칼집은 삭고
정신을 쓰면 가슴이 헐리고
심장도 숨쉬려면 쉬어야 하고
사랑도 때로는 쉬어야 하니

밤은 사랑을 위해 있고
아침은 너무 빨리 돌아오지만
이제는 더 이상 헤매지 말자
아련히 흐르는 달빛 사이를

당신 곁에

타고르

하던 일 모두 뒤로 미루고
잠시 당신 곁에 앉아 있고 싶습니다
잠시라도 당신을 보지 못하면
마음의 평화 죄 사라져 버리고
고뇌의 바다에서 내 하는 일조차
모두 끝없는 번민이 되고 맙니다
오늘 불만스러운 여름 낮이 한숨쉬며
창가에 와 머물고 있습니다
꽃 핀 나뭇가지 사이사이에서
꿀벌들이 잉잉 노래하고 있습니다
그대여, 어서 당신과 마주 앉아
내 목숨 바쳐도 좋을
그런 노래를 부르고 싶습니다
신비스러운 침묵 속에 둘러싸인
이 한가로운 시간 속에서

첫사랑

괴테

아아, 누가
그 아름다운 날을 가져다 줄 것이냐
저 첫사랑의 날을

아아, 누가
그 아름다운 때의
단 한순간이라도
돌려보내 줄 것이냐

쓸쓸히 나는
이 상처를 어루만지며
쉬임없이 되살아오는 슬픔에
가버린 행복을 서러워할 뿐

아아, 누가
그 아름다운 날을 가져다 줄 것이냐
그 즐거운 때를

그대의 맑은 두 눈을

아이네

그대의 맑은 두 눈을 들여다보면
내 모든 시름은 사라져간다

그대의 고운 입술 위에 입을 맞추면
나의 모든 정신이 되살아난다

포근한 그대의 가슴에 몸을 기대면
천국에 온 듯하다

그대의 '당신을 사랑해요' 라는 말에
하염없이 눈물만 흐른다

교감

샤를르 보들레르

자연은 신전, 그 살아 있는 기둥들에서
이따금 어렴풋한 말들이 새어나오고
사람은 상징의 숲들을 거쳐 그 곳을 지나가고
숲은 다정한 눈길로 사람을 지켜본다

멀리서 아련히 어울리는 메아리처럼
밤처럼 광명처럼 한없이 드넓은
어둡고도 깊은 조화의 품안에서
향기와 색채와 음향은 서로 화합한다

어린애의 살결처럼 신선하고
오보에처럼 보드라우며
목장처럼 푸른 향기 어리고
또 한편에는 푸짐한 승리의 향기 있어

용연향, 사향, 안식향, 훈향처럼
무한한 것으로 번져나가서
정신과 감각의 환희를 노래한다

내 마음과 영혼을 그대에게 드려요

리차드 웨버

나의 인생과
내가 줄 수 있는
모든 행복을
그대에게 드립니다

나의 일부와
내가 믿고 따르는
모든 신념을
그대에게 드립니다

우리 두 사람, 손을 맞잡고
함께 마음을 나누던 그 순간을
그대에게 드립니다

그날의 해질녘과
별빛이 빛나고 어둠이 깃든
그날 밤을 드립니다
우리가 함께할 인생과
내가 줄 수 있는 모든 사랑을

발자국들

폴 발레리

그대 발자국들이
성스럽게 천천히 자리를 잡고
내 조용한 침대 쪽으로
냉정하게 말없이 다가오고 있구나

순수한 사람이여 신성한 그림자여
숨죽이듯 그대 발자국은 정말 달콤하구나!
신이여, 분간해낼 수 있는 나의 모든 재능은
맨발인 채로 나에게 다가온다

내밀어진 그대의 입술로부터
일상의 내 상념에 이를 진정시키려
타오르는 입맞춤을 미리 준비한다 해도
있음과 없음의 부드러움

그 사랑의 행위를 서두르지 마라
나 그대들을 기다림으로 살아왔으며
내 마음은 그대의 발자국일 뿐이라네

기다려 주세요

버지니아 울프

시간을 주세요
그대 시간을 조금만 주세요
나 때문에 잠시만
부드러운 미소를 던져줄 수 있는
그런 시간을 내게 주세요

시간을 주세요
좀더 시간을 주세요
당신과 이야기할 때는
마음을 가라앉히기 위해
시간이 더 필요해요
귀찮다고 생각지 말고
귀를 기울여 주세요

좀더 넉넉한 시간을……
나는 언젠가 그대 사랑을 받는
멋진 여자가 될 거예요
그 때까지 제발
다른 사랑일랑 키우지 말고

부디 그대로의 모습으로
기다려 주세요

님은 얼음

스펜더

님이 얼음이면 나는 불
뜨거운 내 사랑에도 그대 얼음 녹지 않네
어찌된 까닭일까
더워지는 내 사랑에
그대 얼음 더욱 굳어짐은

끓는 듯 뜨거운 내 사랑이
심장마저 얼게 하는
그대 얼음에 식지 않고
더욱더 끓어 올라 불길 더욱 높아짐은
만물을 녹일 불이 얼음 더욱 얼게 하고

뼈까지 얼리는 아픔
타는 불의 기름 되니
또다시 있으랴 이보다 이상한 일
사랑은 무슨 힘이기에
천성마저 바꾸는가

당신이 나를 어떻게 생각하는지

구스타보 베케르

내게 얼마 남지 않은 삶에서
나 그대에게 가장 좋은 나날들을
기꺼이 바치겠습니다

우리를 아는 사람들에게
그대가 나에 대해 무슨 말을 했는지
내가 알 수 있다면

그리고 내 목숨
또 내게 허락될지 모를
영원한 삶도 그대 위해 바치겠습니다

그대 혼자 있을 때 나에 대해
어떻게 생각하는지 알 수만 있다면
나 그대 위해 언제까지나
내 사랑 바치겠습니다

연인

폴 엘뤼아르

그녀는 내 눈 위에 있다
그리고 그녀의 머리칼은 내 머리칼 속에
그녀의 손은 나와 같은 모양

그녀 눈의 빛깔도
그녀는 내 그림 속에 삼켜진다
마치 하늘에 던져진 돌처럼

그녀의 눈은
언제나 빛나서
나를 잠들지 못하게 한다

대낮에 그녀의 꿈은 태양을 증발시키고
나를 웃기고 나를 울리고
끝없이 나에게 고백하게 한다

신부

릴케

사랑하는 이여, 나를 불러 주세요
큰 소리로 나를 불러 주세요
당신의 신부를 이토록 오래
창가에 서 있게 하지 마세요

늙은 플라타너스의 가로수 길에는
이제 저녁도 잠들어
가로수 길은 텅 비어 있습니다

당신이 오시어 당신의 목소리로
나를 밤의 집에
잡아두지 않으신다면

나는 붙잡은 나의 두 손을 뿌리치고
짙은 쪽빛 마당으로 나가
내 가슴을 쏟아버릴 수밖에 없어요

내 눈을 감겨 주오

릴케

내 눈을 감겨 주십시오
그래도 나는 그대의 모습 볼 수 있습니다
내 귀를 막아 주십시오
그래도 나는 그대의 목소리 들을 수 있습니다

발이 없어도 그대에게 갈 수 있고
입이 없어도 그대에게 애원할 수 있습니다
내 팔을 꺾어 주십시오
그래도 나는 그대를 안을 수 있습니다

손으로 붙잡 듯이 심장으로 잡을 것입니다
내 심장을 멎게 해주십시오
그래도 나의 뇌는 고동칠 것이며
나의 뇌에 그대가 불을 지른다 해도
내 피로 그대를 껴안을 것입니다

사랑이란

라즈리쉬

사랑이란 보이지 않는 것을 보게 하고
들리지 않는 것을 들리게 합니다

사랑이란 갈 수 없는 곳을 가게 하며
할 수 없는 일을 하게 합니다

사랑이란 살아 있는 나를 보지 못하고
이미 죽어 버린 그를 동경하게 합니다

사랑이란 고통의 무게를 덜어 가는 것이며
끝이 보이지 않는 벌판에서
찾아 헤매게 되는 것입니다

사랑이란
나를 부르는 다른 이의 목소리를 듣게 하고
나를 부르는 내 목소리는 듣지 못하게 합니다

사랑의 철학

셸리

샘물이 모여서 강물이 되고
강물이 합쳐서 바다가 된다
하늘의 바람은 영원히
달콤한 감정과 섞인다

세상에 외톨이인 것은 하나도 없으며
만물은 하늘의 법칙에 따라
서로 다른 것과 어울리는데
어찌 나는 그대와 합치지 못하랴?

보라! 산은 높은 하늘에 입맞추고
물결은 서로 껴안는다
어떤 누이꽃도 용서받지 못하리라
만일 그것이 제 오빠꽃을 업신여긴다면

햇빛은 대지를 껴안고
달빛은 바다에 입맞춤한다
이런 모든 입맞춤이 무슨 소용 있으랴
그대가 내게 입맞춤해 주지 않는다면

유언시 25

프랑수아 비용

사실 나도 사랑을 하였고
앞으로도 사랑을 하고 싶습니다

그러나 마음이 우울하고 배가 고파
위를 3분의 1도 채우지 못하니
나에게는 사랑의 오솔길이 멀어져 갑니다

그러므로 술창고에서 배를 채운 사람이
나를 대신하여 사랑을 할 것입니다
배가 불러야 춤도 춘다고 하기 때문입니다

그의 사랑에게

스펜서

어느 날 나는 그녀의 이름을 백사장에 썼지만
파도가 밀려와 씻어 버리고 말았네
나는 또다시 그 이름을 모래 위에 썼지만
다시금 내 수고를 삼켜 버리고 말았네

그녀는 말하기를 우쭐대는 분
헛된 짓 말아요 언젠가 죽을 운명인데
불멸의 것으로 하지 말아요
나 자신도 언젠가는 파멸하여 이 모래처럼 되고
내 이름 또한 그처럼 씻겨 지워지겠지요

나는 대답하기를
그렇지 않소 천한 것은 죽어 흙으로 돌아갈지라도
당신은 높은 명성으로 계속 살게 되리니
내 노래는 비할 바 없는
당신의 아름다움을 길이 전하고

당신의 빛나는 이름을 하늘에 새길 것이오
아아 설령 죽음이 온 세계를 다스린다 해도
우리 사랑은 남아 영원한 생명을 얻게 되리라

사랑하는 그대를 위하여

프레베르

나는 새를 파는 가게에 가서 새를 샀다네
사랑하는 이 그대를 위하여

나는 꽃을 파는 가게에 가서 꽃을 샀지
사랑하는 이 그대를 위하여

나는 철물점에 가서 쇠사슬을 샀지
굵은 쇠사슬을 사랑하는 이 그대를 위하여

나는 노예 시장에 가서 너를 찾았지
너는 거기 없었다 사랑하는 이

참사랑

톨스토이

모든 사람을 한결같이 사랑할 수는 없다
보다 큰 행복은 단 한 사람이라도
지극히 사랑하는 것이다
그러나 그것도
그저 상대방을 사랑하는 것이어야 한다
대개의 경우와 같이
자신의 향락을
사랑하는 것이어서는 안 된다

나는 사랑하는 사람의 행복을 위해서
그와의 관계를 끊을 만한 각오가 되어 있는가?
하고 자문해 보라
만약 그럴 수 없다면 당신은
사랑이라는 가면을 쓰고 있을 뿐이다

초대 1

오리아 마운틴 드리머

당신이 몇 살인가는
내게 중요하지 않다

나는 다만 당신이
사랑을 위해
진정으로 살아 있기 위해

주위로부터 비난받는 것을
두려워하지 않을 자신이
있는지 알고 싶다

초대 2

오리아 마운틴 드리머

당신의 이야기가
진실인가 아닌가는
중요하지 않다

당신이 다른 사람들을
실망시키는 한이 있더라도
자기 자신에게는
진실할 수 있는가

배신했다는 주위의 비난을 견디더라도
자신의 영혼을
배신하지 않을 수 있는가
알고 싶다

생의 계단

에르만 에세 〈유리알 유희〉에서

모든 꽃이 시들듯이 청춘이 나이에 굴복하듯이
생의 모든 과정과 지혜와 깨달음도
그때그때 피었다 지는 꽃처럼 영원하지 않으리
삶이 부르는 소리를 들을 때마다 마음은
슬퍼하지 않고 새로운 문으로 걸어갈 수 있도록
이별과 재출발의 각오를 해야만 한다

무릇 모든 시작에는 신비한 힘이 깃들어 있어
그것이 우리를 지키고 살아가는 데 도움을 준다
우리는 공간들을 하나씩 지나가야 한다
어느 곳에서도 고향에서와 같은 집착을 가져선 안 된다
우주의 정신은 우리를 붙잡아 두거나 구속하지 않고
우리를 한 단계씩 높이며 넓히려 한다

여행을 떠날 각오가 되어 있는 자만이
자기를 묶고 있는 속박에서 벗어나리라
그러면 임종의 순간에도 여전히
새로운 공간을 향해 즐겁게 출발하리라
우리를 부르는 생의 외침은

결코 그치는 일이 없으리라
그러면 좋아. 마음이여 작별을 고하고 건강하여라

슬픔의 돌

작가 미상

슬픔은 주머니 속 깊이 넣어 둔
뾰족한 돌멩이와 같다
날카로운 모서리 때문에
당신은 이따금 그것을 꺼내 보게 될 것이다
비록 자신이 원치 않을 때라도

때로 그것이 너무 무거워
주머니에 넣고 다니기 힘들 때는
가까운 친구에게 잠시 맡기기도 할 것이다
시간이 지날수록 주머니에서
그 돌멩이를 꺼내는 것이 더 쉬워지리라
전처럼 무겁지도 않으리라

이제 당신은 그것을 다른 사람들에게
때로는 낯선 사람에게까지 보여 줄 수 있을 것이다
그리고 어느 날 당신은
돌멩이를 꺼내 보고 놀라게 되리라
그것이 더 이상 상처를 주지 않는다는 걸 알고
왜냐하면 시간이 지나면서 당신의 손길과 눈물로
그 모서리가 둥글어졌을 테니까

이것 또한 지나가리라

랜터 윌슨 스미스

어느 날 페르시아의 왕이 신하들에게
마음이 슬플 때는 기쁘게
기쁠 때는 슬프게 만드는 물건을
가져올 것을 명령했다

신하들은 밤새 모여 앉아 토론한 끝에
마침내 반지 하나를 왕에게 바쳤다
왕은 반지에 적힌 글귀를 읽고는
크게 웃음을 터뜨리며 만족해 했다
반지에는 이런 글이 새겨져 있었다
'이것 또한 지나가리라'

슬픔이 그대의 삶으로 밀려와 마음을 흔들고
소중한 것들을 쓸어가 버릴 때면
그대 가슴에 대고 다만 말하라
'이것 또한 지나가리라'

행운이 그대에게 미소짓고 기쁨과 환희로 가득할 때
근심 없는 날들이 스쳐갈 때면

세속적인 것들에만 의존하지 않도록

이 진실을 조용히 가슴에 새기라
'이것 또한 지나가리라'

삶을 위한 지침

작가 미상. 처음에는 〈행운을 가져다 주는 네팔 탄트라 토템〉 또는 〈달라이 라마의 만트라〉라는 제목으로 알려진 시이다

첫눈에 반하는 사랑을 믿으라
다른 사람의 꿈을
절대로 비웃지 말라
꿈이 없는 사람은
가난한 사람이니까

사랑은 깊고 열정적으로 하라
상처받을 수도 있지만
그것만이 완전한 삶을 누리는
유일한 길이다

눈물

작가 미상

만일 내가
무엇인가로 돌아온다면
눈물로 돌아오리라

너의 가슴에서 잉태되고
너의 눈에서 태어나
너의 뺨에서 살고

너의 입술에서
죽고 싶다
눈물처럼

봄의 정원으로 오라

잘랄루딘 루미

봄의 정원으로 오라
이 곳에 꽃과 술과
촛불이 있으니

만일 당신이
오지 않는다면
이것들이 무슨 의미가 있는가

그리고 만일
당신이 온다면
이것들이 또한 무슨 의미가 있는가

사랑한 뒤에

시먼즈

이제 헤어지다니 이제 헤어져
다시는 만나지 못하게 되다니
영원히 끝나다니 나와 그대
기쁨을 가지고 또 슬픔을 지니고

이제 우리 서로 사랑해서는 안 된다면
만남은 너무나 너무나도 괴로운 일
지금까지는 만남이 즐거움이었으나
그 즐거움은 이미 지나가 버렸다

우리 사랑 이제 모두 끝났으면
만사를 끝내자 아주 끝내자
나 지금까지 그대의 애인이었으면
새삼 친구로 굽힐 수야 없지 않은가

침묵의 소리

클라크 무스타카스

존재의 언어로 만나자
부딪침과 느낌과 직감으로
나는 그대를 정의하거나
분류할 필요가 없다

그대를 겉으로만 알고 싶지 않기에
침묵 속에서 나의 마음은
그대의 아름다움을 비춘다
그것만으로 충분하다

소유의 욕망을 넘어
그대를 만나고 싶은 그 마음
그 마음은 있는 그대로의
우리를 허용해 준다

함께 흘러가거나
홀로 머물거나 자유다
나는 시간과 공간을 초월해
그대를 느낄 수 있으므로

천 사람 중의 한 사람

루디야드 키플링

천 사람 중의 한 사람은
형제보다 더 가까이
네 곁에 머물 것이다
생의 절반을 바쳐서라도
그런 사람을 찾을 필요가 있다

그 사람이 너를 발견하기를 기다리지 말고
구백아흔아홉 사람은
세상 사람들이 바라보는 대로
너를 바라볼 것이다

하지만 그 천 번째 사람은
언제까지나 너의 친구로 남으리라
세상 모두가 너에게 등을 돌릴지라도

사랑은

지두 크리슈나무르티

끊임없이 자신을 비우기에 언제나 새로우며
최상의 호기심으로 배움에 임하지만
결코 지식을 쌓지 않으며

무엇이 되려고 한 적이 없기에
없음이라고 불리며
끝이 없이 깊고 닿지 않는 곳이 없으며
앎의 세계로부터 벗어나 있기에
모름이라고 불리며

그의 힘은 무한하나 한없이 부드러우며
보지 않는 구석이 없고 듣지 않는 소리가 없으며
그의 덕은 높고도 크나 겸손은 한없이 낮으며
우리의 사고가 끝나는 곳
단어의 의미가 끝나는 곳에서

어쩌면 만날 수도 있는
그것은 실체로서의 사랑

이별

윌리엄 스탠리 머윈

당신의 부재가
나를 관통하였다

마치 바늘을
관통한 실처럼

내가 하는
모든 일이

그 실 색깔로
꿰매어진다

그대여

데이비드 코리

너무나 보고 싶고 그리운 그대여
아주 작은 일에도
그대 목소리와 웃음소리 가득하고
어디를 보아도 늘 존재하는 그대
예전부터 낯익은 어느 곳도
그 어떤 사물도 그리운 그대와 함께 합니다

너무 보고 싶은 그대여
어디를 가든 사무치는 추억들이 가득합니다
실루엣으로 드리워진 그대의 모습
어디를 가든 그대의 모습이 아른거립니다

그립고 보고 싶은 그대여
낯선 적막감 속에서
평범한 것이 마치 옳은 것처럼
빈틈없는 매일의 일상 속에서도
나는 간절히 기다립니다
당신의 소식을……

춤

오리아 마운틴 드리머

함께 나누는 고독의 긴 순간들 속에
내 옆에 앉으라

우리의 어쩔 수 없는
홀로 있음과

또한 거부할 수 없는
함께 있음으로

침묵 속에서
그리고 날마다 나누는 작은 말들 속에서
나와 함께 춤을 추라

나이
이븐 아짐

누군가 나에게 나이를 물었지
세월 속에 희끗희끗해진 머리를 보고 난 뒤
내 이마의 주름살들을 보고 난 뒤
난 그에게 대답했지
내 나이는 한 시간이라고
사실 난 아무것도 세지 않으니까

게다가 내가 살아온 세월에 대해서는
그가 나에게 말했지
지금 무슨 말씀을 하시는 거죠? 설명해 주세요
그래서 난 말했지
어느 날 불시에 나는 내 마음을 사로잡은 이에게
입을 맞추었지
아무도 모르는 은밀한 입맞춤을

나의 날들이 너무도 많지만
나는 그 짧은 순간만을 세지
왜냐하면 그 순간이 정말로
나의 모든 삶이었으니까

자유

폴 엘뤼아르

나의 대학 노트 위에
나의 책상과 나무 위에
모래 위에, 눈위에
나는 당신의 이름을 쓴다

내가 읽은 모든 책의 페이지 위에
모든 백지 위에
피 묻은 종이의 재 위에
나는 당신의 이름을 쓴다

황금빛 얼굴 위에
용사들의 무기 위에
나는 당신의 이름을 쓴다

그런 사람

인도 고대 경전 〈숫타니파타〉 중에서

집착 없이 세상을 걸어가고 아무것도 가진 것 없이
자기를 다스릴 줄 아는 사람
모든 속박을 끊고 괴로움과 욕망이 없는 사람
미움과 잡념과 번뇌를 벗어 던지고 맑게 살아가는 사람
거짓도 없고 자만심도 없고
어떤 것을 내 것이라 주장하지도 않는 사람
이미 강을 건너 물살에 휩쓸리지 않는 사람

이 세상이나 저 세상이나 어떤 세상에서도
삶과 죽음에 걸림이 없는 사람
모든 욕망을 버리고 집 없이 다니며
다섯 가지 감각을 안정시켜
달이 월식에서 벗어나듯이 붙들리지 않는 사람
모든 의심을 넘어선 사람

자기를 의지처로 하여 세상을 다니고
모든 일로부터 벗어난 사람
이것이 마지막 생이고 더 이상 태어남이 없는 사람
고요한 마음을 즐기고 생각이 깊고
언제 어디서나 깨어 있는 사람

빛

바알 솀 토브

모든 인간 존재로부터는
하늘로 똑바로 올라가는
한 줄기 빛이 나온다

함께 있기로 운명지어진
두 영혼이 서로를 발견하는 순간
두 빛줄기는 하나가 된다

그렇게 해서 하나가 된 두 존재로부터는
더 밝은 한 줄기의 빛이
비쳐 나온다

사랑의 노래

단테

내가 사랑하는 그녀의 얼굴은
언제 보아도 너무 아름다워
나는 지그시 바라보련다

그녀를 바라보며 행복이 가득하기를
저 높은 빛의 가운데에
오직 신의 축복을 받는 천사처럼

내 비록 한낱 인간에 불과하지만
내 마음의 신을 우러러
천사에 못지않은 축복을 받아

솟아오르는 영혼의 날개짓 하리
이런 힘이 그녀에게 있으니
다른 이는 모를지라도
그녀를 바라보는 나만은 알고 있으리

당신을 사랑했습니다

푸슈킨

당신을 사랑했습니다
그 사랑은 아직도
내 마음속에서 불타고 있습니다
하지만 내 사랑을 위해
더 이상 당신을 괴롭히지는 않겠습니다
슬퍼하는 당신의 모습을
절대 보고 싶지 않으니까요
말없이, 그리고 희망도 없이
당신을 사랑했습니다
때론 두려워서, 때론 질투심에 괴로워하며
오로지 당신을 깊이 사랑했습니다
부디 다른 사람도 나처럼
당신을 사랑하길 기도합니다

사랑하지 않음은

아나크레온

사랑하지 않음은 괴로운 노릇
사랑하는 것 또한 괴로운 노릇
세상에서 가장 괴로운 것은
사랑에 냉정한 사람의 마음
사랑에는 명성도 상관없고
지혜도 성품도 소용없건만
황금과 은만을 목표 삼다니

처음으로 돈을 좋아하는 녀석은
개에게라도 물려가거라
돈이라면 형도 동생도
부모도 자식도 없다고 한다
사람을 죽이거나 전쟁까지도
돈 때문에 일어난다. 그 뿐인가
그 돈으로 해서 마침내는
우리들의 사랑도 끝장이 난다

당신이 누군가를 필요로 할때

고든 라이트푸트

나는 당신이 가는 그 먼 곳이
좋은 곳이기를 빌어요

만약 비가 오거나 눈이 온다 하더라도
안전하고 따뜻하게 지내기를……

그리고 어느 땐가
당신에게 그 누군가가 필요할 때
당신도 알고 있듯이

나는
언제나
거기에 있을 거예요

소곡

엘리자베스 브라우닝

사랑해 주지 않으시렵니까
기다리고 있어요 당신 사랑이 자라나기를
가슴의 꽃은 그대의 꽃
그것은 유월이 사월의 씨앗을 키운 거예요

손에 쥔 씨앗을 뿌립니다 하나 둘
싹이 돋아 꽃이라 피는 걸 당신은 버리지 않겠지만
사랑이란 것 아니 사랑과 비슷한 것

사랑의 죽음을 바라봐 주세요
무덤의 꽃은 한 송이 제비꽃
당신의 눈짓 한 번이 천만 번 괴로움을 지워 없애요
죽음이란 아무것도 아니예요
여보세요 사랑해 주지 않으시렵니까

그 슬픔을 안다

놀 크로웰

사랑하는 이여
지금 울고 있는 그대 곁에 앉아
가만히 그대의 손을 잡게 해줘요
나 역시 그대와 똑같이 슬픔을 겪고 있기에
그 슬픔을 잘 알고 있습니다

그대 곁에 있게 해줘요
슬퍼하는 그대 곁에
조용히 앉아 있게만 해줘요

사랑하는 이여
눈물을 거두라고 말하지는 않겠어요
눈물마저도 위안이 될 수 있다는 것을 잘 알기 때문에

슬퍼하는 그대 곁에 있게 해줘요
가만히 그대 곁에서 그대의 손을 잡게 해줘요
나 역시 그대와 똑같이 슬픔을 겪고 있기에
그 슬픔을 잘 알고 있습니다

그대가 있기에 외롭지 않아요

다이안 웨스트레이크

낮이나 밤이나
나는 당신의 존재를 느껴요

당신은 비록
손을 뻗어 닿을 수 있을 만큼
가까이에 없지만

내 마음 속에 있는
사랑스런 그대는

언제나 내가
당신을 필요로 할 때마다
아무 말도 하지 않고
나에게 다가옵니다

그대가 있기에
나는 외롭지 않아요

그대와 나는

래리 타일러

사람들은
고요한 산중 호수에 비친
해만을 보지만
그대와 나는
그 햇살의 따스함을 느낄 수 있지요

사람들은
밤하늘의 별들을
얼어붙은 듯한 것으로 보지만
그대와 나는
그 별들의 반짝임을 보지요

사람들은
문 쪽에 서서 정원을 바라보지만
그대와 나는
그 안에서 함께 산보를 하지요

연서

프란체스카

이 세상에서 당신을 사랑하는 사람이
백 사람 있다면 그 중의 한 명은 나입니다

이 세상에서 당신을 사랑하는 사람이
열 사람 있다면 그중의 한 명은 나입니다

이 세상에서 당신을 사랑하는 사람이
한 사람 밖에 없다면 그건 바로 나입니다

이 세상에서 당신을 사랑하는 사람이
한 사람도 없다면
그건 내가 이 세상에 없기 때문입니다

그대 미소만큼 소중한 건 없어요

레너드 니모이

비 갠 후의 햇살은
기분 좋은 것

열기 뒤에 불어오는 산들바람은
반가운 것

눈이 올 때의 모닥불은
따뜻한 것

그렇지만 우리가 헤어진 후부터
지금까지 줄곧 나를 기쁘게 맞이하는

그대의 미소만큼
소중한 것은 아무것도 없어요

그대 안에서 살기를 원해요

오부리니스

그대가 있기에
나는 사랑으로부터
도피하기를 멈추었고

더 이상 내 자신 속에서만
살기를 원치 않으며
그대 안에서 살기를 원해요

그대의 말에 화답하고
또한 내 말에 대한
그대 화답을 통해
나는 성숙해 갈 것입니다

그대를 만나게 된 것이
이제까지 내게 일어난 일 가운데
가장 좋은 일이기 때문이니까요

우리 사랑에는 끝이 없음을

라즈리쉬

지금까지 나는
그대를 너무나 사랑해 왔어요
그래도 내일 아침이 밝으면
그대 향한 내 사랑은 계속 자랄 것입니다

더욱 찬란하게
더욱 강하게
더욱 깊게

그리고 전보다 더욱
온화하면서도 아름답게
여전히 새날은 올 것이며

같은 기적은 계속 일어날 것입니다
우리 사랑에는 끝이 없음을
믿고 있습니다

또 다른 충고들

장 루슬로

고통에 찬 달팽이를 보게 되거든
충고하려 들지 말라
그 스스로 고통에서 벗어나올 것이다
너의 충고는 그를 화나게 하거나
상처 입게 만들 것이다

하늘의 선반 위로
제자리에 있지 않은 별을 보게 되거든
그럴 만한 이유가 있을 것이라고 생각하라
더 빨리 흐르라고 강물의 등을 떠밀지 말라
풀과 돌, 새와 바람 그리고 대지 위의 모든 것들처럼
강물은 나름대로 최선을 다하고 있는 것이다

시계추에게 달의 얼굴을 가지고 있다고 말하지 말라
너의 말이 그의 마음을 상하게 할 것이다
그리고 너의 문제들을 가지고
너의 개를 귀찮게 하지 말라
그는 그만의 문제들을 가지고 있으니까

사랑하는 사람이 생겼어요
내 마음을 받아줄까요?

나를 사랑하는 당신에게

린다 두무이 무어

내가 아주 어렸을 적에 나는 내 인생에서
아주 특별한 사람을 만나는 꿈을 꾸었죠
그 사람은 내 인생에 나타나 내 전부를 사랑하고

내가 바라는 것이 무엇인지를 알아 주고
내가 하는 노력을 더욱 북돋워 주며
나의 꿈을 함께 나눌 사람이었죠

나는 자라서 그 사람을 만났습니다
내가 어렸을 적에 꿈꾸었던 꼭 그대로
나를 사랑하는 당신을 사랑해요

처음부터 내가 원했던 것은
바로 그대였답니다

마이클 멀베나

그대를 처음 알게 되었을 때
내가 원했던 것은
그대의 미소였어요

그 후에는 그대의 격려와
그대의 부드러운 손길과
그대의 적극적인 자세와
그대의 사랑을 원했지요

또한 그대의 승낙과
그대의 자존심과
그대의 웃음을 원했습니다

그러나 처음부터
내가 원했던 것은
바로 그대였답니다

어느 인생의 사랑

브라우닝

우리 둘이 살고 있는 집
방에서 방으로
나는 그이를 찾아 샅샅이 둘러본다
내 마음아, 불안해 마라, 이제 곧 찾게 된다
이번에 찾았다! 하지만 커튼에 남겨진
그이의 고뇌, 잠자리에 감도는 향수 내음
그이의 손이 닿은 벽의 장식 꽃송이는 향기 뿜고
저 거울은 그이의 매무새 비치며 밝게 빛난다

내 안에 살고 있는 그대에게

J.피터

사랑하는 그대여 이른 새벽에 눈을 뜨면
가장 먼저 그대가 떠오릅니다
그대는 태양보다도 먼저 내 마음속에 떠올라
햇살보다도 더 먼저 내 마음을
환히 비춰 주는 존재입니다

오늘 나는 그대만이 내 생애의 전부임을 느낍니다
오후 내내 그 지루한 시간들은
그리움이 있어 더욱 길게 느껴지지만
석양이 지는 계절이 오면
그대는 결코 태양보다 먼저 지지 않습니다

그대는 태양보다 더 먼저
내 마음속에 떠오르는 존재
그러나 태양보다 더 오랫동안
내 마음속에서 머물다 가는 존재입니다

내 생애 전부를 다 내어 주어도
세상을 밝히는 저 태양과도
그대를 바꿀 수는 없습니다
그대는 내 안에 살고 있는 존재입니다

그대는 특별한 사람

루이즈 브래포드 로웰

고향을 생각하고
지나간 일을 떠올리며
내일을 생각할 때면
나는 그대에게
가까이 다가가게 되는 것 같아요

당신은 내 삶에
영원한 기쁨을 주는
아주 특별한 사람

삼월

괴테

눈은 펄펄 내려오건만
아직 기다려지는 때는 오지 않는다
갖가지 꽃들이 피면
우리 둘이서 얼마나 설레일까

따뜻하게 쪼이는 저 햇볕도
역시 거짓말이던가
제비조차도 거짓말을 해
저 혼자만 오다니!

아무리 봄이 왔다고 해도
혼자서 어찌 기꺼우랴
그러나 두 사람이
같이 살게 될 때는
벌써 여름이 되어 있다

사랑하겠습니다

오건

꿈을 꿀 수 있다면, 생각할 수 있다면
기억할 수 있다면 당신을 사랑하겠습니다
볼 수 있다면, 들을 수 있다면
말할 수 있다면 당신을 사랑하겠습니다

가슴으로 느낄 수 있다면,
내 영혼이 숨 쉴 수 있다면
당신의 모습을 그릴 수 있다면
당신을 사랑하겠습니다

시간이 있다면, 사랑이 있다면
당신이 있다면, 당신을 부를 숨결이 남아 있다면
당신을 사랑하겠습니다
이 세상 누구보다 당신을 사랑합니다

사랑하는 사람에게

바바라올

그대가 힘겨워 할 때,
힘이 되어 주고 싶은 나에게

그대가 슬퍼할 때,
희망을 주고 싶은 나에게

그런 사람이 되게 하여 주세요

그대가 외로울 때,
곁에서 버팀목이 될 수 있게 하여 주세요

그대를 기다리는 사람이 되게 하여 주세요

당신이 그리워지면

셔먼

당신이 지금 내 곁에서
저녁노을을 함께 바라볼 수 있다면
오늘 당신과 내게 일어난 일들을 이야기하며
수많은 것들을 나누어 가질 수 있으리

그렇게 행복하게 하루를
추억의 한 장으로 새겨 두고
우리는 하나, 혹은 둘의 꿈을 가지고
우리가 가장 좋아하는 별을 바라보며
소망을 빌며 아름다운 밤을 보내리

당신이 여기 내 곁에 있다면
당신은 내 행복한 하루의 끝이 되리

가장 아름다운 것

브라우닝

한 마리 꿀벌이 밀낭 속에 모은 한 해의 향기와 꽃
한 개 보석의 심장 속에 배어 있는 광산의 경이와 풍요
한 알 진주의 핵 속에 박힌 바닷속 그늘과 빛

향기와 꽃, 경이와 풍요, 그늘과 빛

이들보다 더 아름다운 것
보석보다 더 빛나는 진리
진주보다 더 순결한 믿음

세상에서 가장 빛나는 진리, 가장 순결한 믿음
이 모든 것이 내 안에 있네
그것은 사랑하는 그대와의 입맞춤이었네

당신을 얼마나 사랑하느냐구요?

브라우닝

당신을 어떻게 사랑하느냐구요?
헤아려 보겠습니다
비록 그 빛 안 보여도 존재의 끝과
영원한 영광에 내 영혼 이를 수 있는
그 도달할 수 있는 곳까지 사랑합니다

태양 밑에서나 또는 촛불 아래에서나
나날의 얇은 경계까지도 사랑합니다
권리를 주장하듯 자유롭게 당신을 사랑합니다
칭찬에서 돌아서듯 순수하게 당신을 사랑합니다

옛 슬픔에 쏟았던 정열로 사랑하고
내 어릴 적 믿음으로 사랑합니다
세상 떠난 성인들과 더불어 사랑하고
잃은 줄만 여겼던 사랑으로 당신을 사랑합니다

나의 한평생 숨결과
미소와 눈물로 당신을 사랑합니다
주의 부름 받더라도
죽어서 더욱 사랑하리다

첫눈에 반한 사랑

비슬라바 쉼보르스카

그들은 확신한다
전에 한 번도 만난 적이 없었기에
그들 사이에 아무런 일도 없었다고

그러나 거리에서
계단에서, 복도에서
들었던 말들은 무엇이었는가

그들은 수만 번 서로
스쳐 지나갔을지도 모른다

잊혀진 여인 마리

로랑생

권태로운 여인보다 더 불쌍한 여인은
슬픔에 싸인 여인입니다
슬픔에 싸인 여인보다 더 불쌍한 여인은
불행을 겪고 있는 여인입니다

불행을 겪고 있는 여인보다 더 불쌍한 여인은
병을 앓고 있는 여인입니다
병을 앓고 있는 여인보다 더 불쌍한 여인은
버림받은 여인입니다

버림받은 여인보다 더 불쌍한 여인은
쫓겨난 여인입니다
쫓겨난 여인보다 더 불쌍한 여인은
죽은 여인입니다

죽은 여인보다
더 불쌍한 여인은
잊혀진 여인입니다

사랑하는 사람이여

롱펠로

사랑하는 사람이여
편히 쉬세요
그대를 지키러
나 여기에 왔습니다

그대 곁이라면
혼자 있어도 나는 기쁩니다
그대 눈동자는 아침의 샛별
그대 입술은 한 송이 빨간 꽃

사랑하는 사람이여
편히 쉬세요
내가 싫어하는 시계가
시간을 헤아리고 있는 동안에

당신의 손에 할 일이 있기를

켈트 족 기도문

당신 손에 언제나 할 일이 있기를
당신 지갑에 언제나 한두 개의 동전이 남아 있기를
당신 발 앞에 언제나 길이 나타나기를
바람은 언제나 당신의 등 뒤에서 불고
당신의 얼굴에는 해가 비치기를

이따금 당신의 길에 비가 내리더라도
곧 무지개가 뜨기를
불행에서는 가난하고
축복에서는 부자가 되기를
적을 만드는 데는 느리고
친구를 만드는 데는 빠르기를

이웃은 당신을 존중하고
불행은 당신을 아는 체도 하지 않기를
당신이 죽은 것을 악마가 알기 30분 전에
이미 당신이 천국에 가 있기를

앞으로 겪을 가장 슬픈 날이

지금까지 겪은 가장 행복한 날보다 더 좋은 날이기를
그리고 신이 늘 당신 곁에 있기를

네 잎 클로버

이긴슨

나는 알지요, 해님은 금빛으로 반짝이고요
벚꽃은 소담하게 피어 있는데
네 잎 클로버가 자라고 있는
아름다운 그 구석을 알고 있지요.

네 잎 중의 한 잎은 희망이고요
나머지 두 잎은 신앙과 사랑
마지막 하나는 행운의 잎
찾아보면 있는 곳을 알게 되지요.

희망, 신앙, 사랑을 몸에 지니고
굳센 마음으로 살아가면서
최선을 다한 후에 기다리면
그때는 그곳을 알게 되지요.

지금 내 사랑은

달리 파튼

마치 이전에는 다른 누구를 만나
사랑한 적이 없었던 것처럼
나는 지금 그대를 알게 되어 사랑하고 있어요

우리가 서로에게 어떤 의미인지를
설명할 수 있는 적당한 말을
난 아직 알지 못해요

나 언제나 그대 생각하고 있음을
그대가 알 수 있다면
무슨 일이든 할 수 있습니다

왜냐하면 그대가 내게 손을 내밀 때
나는 언제나 거기에 있으리라는 사실을
알게 하고 싶기 때문이죠

꽃잎

무슈킨

책갈피 속에서 잊혀진 지 오래된
메말라 향기 잃은 꽃을 본다
문득 내 영혼은
신비한 상상 속에 빠진다

어느 곳에 피었던 꽃일까?
어느 시절, 어느 봄날에
얼마 동안 피어 있었니?
또 누가 꺾은 것일까? 낯선 손, 혹은 낯익은 손일까?
무슨 까닭에 이처럼 간직해 두었을까?

정겨운 비밀의 만남을 위해
어쩔 수 없는 이별을 위해
아니면 조용한 들판의 숲길을 건너
외로운 산책을 추억하고자 함인지

어느 곳엔가
그와 그의 여인은 살고 있겠지

사랑한다는 것은

콕토

사랑한다는 것
그것은
사랑을 받는다는 것이다
하나의 존재를
불안에 휩쓸리게 하는 것이다
아!
이제는 상대방의
제일 귀중한 것이 못 된다는 것
이것이
우리들의 고민이다

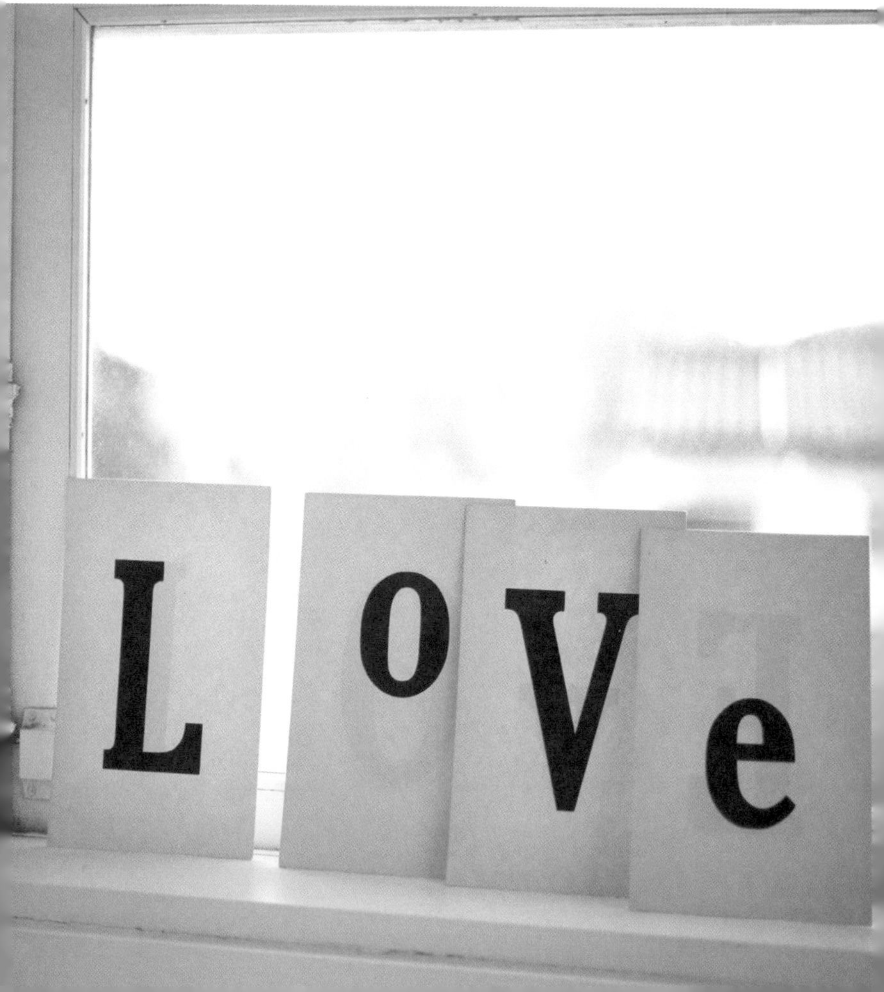
LoVe

낙엽

예이츠

가을은 우리를 사랑하는 긴 잎사귀에도
보릿단 속 생쥐에게도 왔다
머리 위 마가목 이파리도 노랗게 물들고
이슬 맺힌 산딸기도 노랗게 물들었다

사랑이 시드는 계절이 다가와
지금 우리 슬픈 영혼은 지치고 고달프구나
우리 헤어지자 정열의 계절이 다 가기 전에
그대 고개 숙인 이마에 키스와 눈물 남기고

한 송이 빨간 장미

번스

내 사랑은 6월에 피어난
한 송이 붉고 붉은 장미
내 사랑은 가락마다 흐르는
감미로운 음악

내 귀여운 아가씨, 그대 아름다워
이토록 못 견디게 그대를 사랑하노라
언제까지나 그대를 사랑하리, 내 사랑아
온 세상 바닷물이 다 마를 때까지

온 바닷물이 마를 때까지 내 사랑아
바위가 햇볕에 녹을 때까지
언제까지나 그대를 사랑하리 내 사랑아
목숨이 다 하는 그때까지

그러면 그대여 안녕 오직 하나 내 사랑아!
그대여 안녕 잠시 동안만!
다시 돌아오마, 내 사랑아
천만 리 먼 길이라도

사랑

클라우디우스

사랑을 방해하는 것은 아무것도 없다
사랑은 문짝도 빗장도 잠그지 못한다
사랑은 무엇이든 꿰뚫고 간다
사랑은 시작이 없다
예로부터 항상 날개를 퍼덕이고 있다
사랑은 끝없이 날개를 퍼덕이고 있다

무지개

윌리엄 워즈워드

하늘의 무지개를 바라보면
내 가슴은 뛰노라
내 인생 시작 되었을 때 그랬고
지금 어른이 돼서도 그러하며
늙어서도 그러하기를
그렇지 않으면 차라리 죽는 게 나으리
아이는 어른의 아버지
내 살아가는 나날이
자연에 대한 경외로 이어질 수 있다면

당신을 만나기 전에

파울라

당신을 만나기 전에는 당신을 만나는 것이
이렇게 크나큰 기쁨인 줄은
정말 몰랐습니다

거리낌 없는 대화와 부담 없는 말투를
완전한 믿음과 용기 있는 경험을 알게 될 줄은
정말 몰랐습니다

나를 줌으로써 더 많은 것을 받을 줄은
정말 몰랐습니다
그리고 사랑한다는 말을 하게 되고
당신에게 그 말을 하게 될 줄은
정말 몰랐습니다

그 한마디 말이 내게 이토록 가슴속 깊이
아련히 울리는지를
정말 나는 몰랐습니다

당신이 떠나야 할 때에는

예반

당신이 문을 열고
내 인생 속으로 들어왔습니다.
나는 그 문이 다시 열리지 않을까
두려워집니다
많은 사람들이 바깥으로 나가면서
다시는 사용하지 않을 것처럼
그 문을 세차게 닫고 나갑니다
이제 당신에게 애원합니다
그 문 안에서 당신이 원하는 만큼 머무르고
마음껏 자유를 누리십시오
그러나 당신이 떠나야만 할 시간이 오면
제발 그 문을 살며시 닫아 주십시오
당신이 떠나야만 할 때에는

나 그대를 사랑하는 까닭은

샤퍼

나 그대를 사랑하는 까닭은
아무도 그대가 준 만큼의 자유를
내게 준 사람이 없었기 때문입니다

나 그대를 사랑하는 까닭은
그대 앞에 서면 있는 그대로의
내가 될 수 있는 까닭입니다

나 그대를 사랑하는 까닭은
그대 아닌 누구에게서도 그토록 나 자신을
깊이 발견할 수 없었기 때문입니다

내 곁에 있기를

줄리에트 드라우트

우리가 헤어져 있는 동안에도
내 사랑의 추억이
당신을 위로하길
내가 얼마나 당신을 사랑하는지
당신이 내게 얼마나
중요한 사람인지 안다면
당신은 내 곁을
떠나지 않을 겁니다.

언제나 당신이 내 곁에 남아
당신 마음이
내 마음 가까이로 다가오고
당신 영혼도
내 영혼 가까이로 다가옵니다

여인의 노래

브렌타노

아주 오래된 일입니다
나이팅게일은 노래를 잘하고
목소리 역시 좋았지요
당신과 함께 있던 그때는

나는 노래하느라 울 틈이 없네요
희고 예쁜 실을 지어내느라
오직 혼자 물레질만 하지요
그저 달빛만 비치고 있을 뿐

당신과 함께 있던 그때
나이팅게일의 노래는
지금 나에게 말합니다
떠난 당신은 돌아오지 않는다고

환한 달빛이 가득할 때마다
생각나는 것은 오직 당신뿐
내 마음은 너무도 허전합니다
신이시여 우리 둘을 지켜 주십시오

힘과 용기의 차이

데이비드 그리피스

강해지기 위해서는 힘이 필요하고
부드러워지기 위해서는 용기가 필요하다

자신을 방어하기 위해서는 힘이
방어 자세를 버리기 위해서는 용기가

이기기 위해서는 힘이
져주기 위해서는 용기가

확신을 갖기 위해서는 힘이 필요하고
의문을 갖기 위해서는 용기가 필요하다

조화를 이루기 위해서는 힘이
전체의 뜻에 따르지 않기 위해서는 용기가

다른 사람의 고통을 느끼기 위해서는 힘이
자신의 고통과 마주하기 위해서는 용기가 필요하다

자신의 감정을 숨기기 위해서는 힘이 필요하고
그것을 표현하기 위해서는 용기가 필요하다

학대를 견디기 위해서는 힘이 필요하고
그것을 중단시키기 위해서는 용기가 필요하다

홀로 서기 위해서는 힘이 필요하고
누군가에게 기대기 위해서는 용기가 필요하다

사랑하기 위해서는 힘이
사랑받기 위해서는 용기가

생존하기 위해서는 힘이
삶을 살기 위해서는 용기가 필요하다.

그대는 나의 일부

릭 노먼

그대는
나의 일부
내가 살아가는 데
꼭 필요한 한 부분
내가 바라고
소망하는 것은 단 하나
그대 없이
살아가지 않게
해달라는 것

당신을사랑해요

당신이 필요할 때

앤드류 아딩 앨런

내가 당신을 필요로 할 때
당신은 늘 내 곁에 있었지요.

비록 우리의 생각이
일치하지 않아도
우리의 사랑은
늘 그것을 극복했지요.

당신은 내게
사랑과 이해를 가르쳐 주었고
세상에서 사랑을 찾아낼 수 있도록
인도해 주었지요.